DES ABUS

DE LA PÊCHE COTIÈRE

DANS LA MANCHE,

PAR L. ESTANCELIN,

DÉPUTÉ DU DÉPARTEMENT DE LA SOMME.

ABBEVILLE.

Chez DEVÉRITÉ, rue Saint-Gilles, n°. 18.

—

1834.

DES ABUS

DE LA

PÊCHE COTIÈRE

DANS LA MANCHE.

DES ABUS

DE LA PÊCHE COTIÈRE

DANS LA MANCHE,

PAR L. ESTANCELIN,

DÉPUTÉ DU DÉPARTEMENT DE LA SOMME.

ABBEVILLE.

Chez **DEVÉRITÉ**, rue Saint-Gilles, n°. 18.

1834.

TYPOGRAPHIE DE DEVÉRITÉ

Éditeur du *Journal d'Abbeville*.

DES ABUS

DE LA PÊCHE COTIÈRE

Dans la Manche.

Depuis long-temps, on signale infructueusement les funestes résultats de l'inobservation des réglemens de police des pêches du littoral de la Manche ; soit qu'on les considère comme tombés en désuétude, soit que, par les modifications qu'on a voulu y faire, on les ait rendus inefficaces, soit enfin que leurs principales dispositions ne soient plus en harmonie avec nos institutions constitutionnelles, on peut dire que cette partie du domaine public est hors du domaine des lois.

Le département de la marine en gémit, parce qu'il en éprouve les déplorables effets, et qu'il en prévoit les prochaines et infaillibles conséquences ; mais toutes les fois qu'il a tenté d'y apporter remède, il a rencontré des obstacles, et plus souvent une indifférence, qu'on ne peut attribuer qu'à un défaut de bonne foi, ou à une ignorance absolue de la matière. Ses adversaires intéressés au maintien des abus, se couvrant de l'égide que si souvent l'on oppose aux traits de la raison, ont invoqué cette prétendue liberté qui méconnait et foule aux pieds les devoirs imposés dans l'intérêt et la conservation de la société. Par une bizarre anomalie qui, dans notre siècle, s'est rencontrée trop souvent, quand on professe une liberté illimitée pour les pêches maritimes, on établit le monopole de la pêche fluviale, et l'on fait une loi rigoureuse qui en renferme l'exploitation dans les limites les plus étroites. Tel est l'empire tout puissant qu'exerce la pensée exclusive d'un lucre pécuniaire prochain. Si la pêche maritime eût pu être affermée, nul doute que, sans respect et au mépris de la chimère dont on se prévaut, les réglemens les plus sévères eussent prévenu ses abus. Qu'on ne croie pas, je me hâte de le dire, que je propose un préservatif aussi absurde, et que j'aie arrêté ma pensée à faire de la pêche maritime une ressource financière.

Mais partant de cette comparaison, je dirai

que le principe restrictif, sur lequel reposent les réglemens en matière de pêche fluviale, est le même qui doit dicter ceux auxquels doit être soumise la pêche maritime. Si dans la première, le trésor trouve un intérêt matériel; si la société en a un dans des mesures qui empêchent le dépeuplement des fleuves; il est, pour la seconde, des considérations d'une autre importance : que l'on calcule la masse de capitaux que met en circulation la pêche d'un littoral de 5oo lieues ; que l'on analyse, que l'on suive les canaux si multipliés, par lesquels ces capitaux viennent verser au trésor un tribut, on s'apercevra que, sous le seul rapport pécuniaire, les pêches maritimes, bien qu'affranchies de toute contribution ou redevances directes, forment pour l'État un revenu réel d'une haute valeur. Mais ce qui est encore bien supérieur à l'argent, qui n'est pas la véritable richesse d'un État, c'est l'existence de cette population de nos rivages qui dépend entièrement, exclusivement de la prospérité des pêches. Qu'on considère que c'est dans cette population que la marine de l'État trouve ses meilleurs matelots, et que la marine commerçante puise son personnel ; quarante-cinq mille hommes, chefs de familles, sont constamment à bord de 5,500 bâtimens de pêche, pendant que les vieillards, les femmes et les enfans vivent de ce qu'ils recueillent sur les grèves, au moyen des filets qu'ils y tendent.

De telles considérations sont de nature à exciter la sollicitude, je ne dis pas seulement des hommes d'Etat, dont c'est le devoir de les accueillir, mais de tout sincère ami de son pays. Cependant, quel cas a-t-on fait des réclamations que n'ont cessé de former les chambres de commerce, et les habitans des côtes, contre les incroyables abus qui ont résulté de l'inobservation des réglemens en matière de pêche maritime? Le mal a continué; il est arrivé aujourd'hui sur le littoral qui s'étend de l'embouchure de la Seine à Dunkerque, au point de surpasser actuellement tout ce que l'on avait annoncé de plus désastreux dans un avenir éloigné.

Aujourd'hui, les côtes naguères encore les plus fécondes, sont devenues d'une stérilité dont il est difficile de se faire une idée; les poissons indigènes disparaissent, le poisson voyageur ne trouvant plus la pâture qui l'attirait, ne se fixe plus, il fuit sans s'arrêter. Ce désordre est évident, les causes qui l'ont produit ne le sont pas moins.

Les Chambres de commerce n'ont cessé, depuis vingt ans, de signaler les abus d'un filet prohibé par les ordonnances de la marine, connu sous la dénomination de *Chalut;* ce filet n'est pas moins destructeur que celui qu'emploient, dans la Méditerranée, les *bilancelles* (*), qui a dépeuplé si complétement tout

Pêche
du
Chalut.

(*) Ce dégat ruineux et barbare, dit *Spallanzani* en parlant des abus de la pêche sur les côtes de Sicile, je l'ai vu s'opérer sans ménagement en d'autres parages de la Méditerranée, et surtout en face de *Porto-Venere*, dans le pays de Gènes, où l'on pêche avec les *bilancelles*. Ce sont deux bâtimens à grandes voiles latines, marchant l'un à côté de l'autre, auxquels est attaché, moyennant deux cordes de chanvre, un filet d'une prodigieuse extension, qui descend jusqu'au fond de la mer; trainé par les deux *bilancelles* voguant à pleines voiles, de ses mailles étroites il enveloppe tout ce qui se trouve sur son passage. Pendant les vacances de 1783, m'occupant d'études relatives à l'histoire des animaux marias des environs de *Porto-Venere*, dont j'ai déjà publié un essai dans les mémoires de la Société Italienne, j'assistai plusieurs fois à cette pêche, et je ne puis dire combien de petits poissons en étaient la victime; n'étant bons à rien, on les rejetait à la mer tout mutilés et déjà morts par le froissement qu'ils avaient éprouvé dans les mailles du filet. J'écrivis contre cette manie destructive, et je représentai avec force tout le dommage qui en résultait. On me répondit, à la vérité, qu'il existait une loi à Gènes, qui prohibait l'usage, ou pour mieux dire, l'abus des *bilancelles;* mais cela n'empêche pas qu'il ne so.te du golfe de la *Spezzia*, trois ou quatre de ces bâtimens qui gagnent la haute mer, et vont se livrer à cette pêche; il y a plus, le gouverneur du lieu qui devrait surveiller l'exécution de la loi, est le premier à favoriser, moyennant une somme d'argent, l'abus qu'elle proscrit.

(SPALLANZANI, *Voyage dans les deux Siciles.*)

le littoral ligurien, et qui menace de la même
destinée celui du golfe Lyon, si l'on n'y apporte
remède, et si l'on n'expulse de nos eaux les
pêcheurs sardes, napolitains et catalans, qui
viennent les épuiser, *sans payer à la France
aucun service.*

A la demande de faire revivre les anciennes
ordonnances, en défendant l'usage du *Chalut*,
on a répondu que la conservation de ce filet
était sollicitée par les pêcheurs du Calvados,
qui, après avoir, par l'usage immodéré qu'ils
en ont fait, épuisé leurs fonds, venaient à
leur tour épuiser ceux de la Seine-Inférieure
et de la Somme. Quoique les intéressés à
l'abus ne fussent pas dans la proportion d'un
vingtième vis-à-vis de ceux qui demandaient
sa répression, le gouvernement crut, par un
mezzo-termine, moyen à l'usage de la fai-
blesse ou de l'indifférence, contenter tout le
monde, et faire croire à son respect pour
la liberté, en légitimant et régularisant les
délits. La largeur des mailles fut fixée, le
poids de l'armature de la pièce de bois sur
laquelle la chausse est montée, fut déterminé,
enfin le *minimum* de la distance à laquelle
on pouvait pêcher fut marqué, et ne put
être violé sans encourir des peines dont l'application, à raison de leur sévérité, doit porter

souvent les tribunaux correctionnels à une
excessive indulgence. On crut que, pour assurer l'exécution de ces mesures, il suffirait
de quelques bâtimens de l'Etat, armés de
4 à 6 canons, qui surveilleraient les pêcheurs.
Toutes ces précautions, il faut le dire, sont
devenues illusoires : la seule garantie de l'exécution du réglement est dans la présence
du surveillant, qui ne peut être que sur un
point. Subordonné aux marées et aux vents,
il ne peut, quelle que soit son activité, par-
courir jour et nuit une étendue de quinze
lieues de côtes ; d'ailleurs distingué par sa
voilure tout à fait différente de celle des bâteaux, il est facile aux délinquants de se
dérober à son approche. Nous répétons que
le réglement par lequel on a prétendu prévenir et éviter les abus du *Chalut*, n'a fait
que consacrer l'existence d'un moyen de destruction sévèrement et constamment prohibé
par le bon sens de nos pères, qui s'étaient
refusés à transiger sur son emploi.

Les effets désastreux produits par le *Chalut*,
sont d'une telle évidence, qu'il suffit de jeter
un coup d'œil sur sa manœuvre, pour les
juger inévitables : attaché au bâteau à la voile,
ce filet traîne au fond de la mer, il en

laboure le sol , enveloppe et ramasse tout ce qui se trouve sur son passage ; le petit poisson qu'on croirait pouvoir s'échapper par les mailles, est retenu dans l'accumulation des matières confondues et mêlées au fond de la chausse , et périt comme les gros poissons, écrasé, froissé par les rochers que laboure l'armature ; les plantes marines, où le poisson trouve sa pâture , et où plus souvent il dépose son frai, sont arrachées, bouleversées ; c'est une destruction permanente, continue, qu'exercent journellement plus de deux cents bâtimens à la voile, sur les côtes de la Seine-Inférieure , de la Somme et du Pas-de-Calais. Quand on considère l'étendue des dommages que, depuis vingt ans, ce genre de pêche a causés , les désordres qu'il a produits dans tous les fonds jusqu'à six lieues des côtes, on s'étonne que les bâteaux trouvent encore une faible récolte à faire ; mais il arrive souvent à la plupart, d'avoir traîné leurs filets dans une étendue de plusieurs lieues, sans avoir rien pris (*). Le vieux marin s'afflige

(*) Voyant que la description du *Chalut* et la définition de sa manœuvre n'étaient pas comprises, des armateurs de Dieppe portèrent un de ces filets à Paris ; il fut, je crois, déposé au ministère de la marine. Le porte-feuille était alors, comme il

avec raison d'un si triste résultat, et rappelle ces pêches si abondantes, si fructueuses, et presque toujours assurées, qu'il fesait il y a trente à quarante ans, alors qu'il n'employait que les filets autorisés par les réglemens. Les marins de la Seine-Inférieure réclamèrent lorsqu'ils virent leurs voisins du Calvados exercer sur leurs côtes leur fatale industrie; leurs voix n'ayant pu se faire entendre, il fallut bien, pour concourir avec leurs rivaux, et pour gagner aussi leurs moyens d'existence, prendre part au pillage et à la dévastation.

La destruction graduelle du poisson stationnaire, a produit dans les migrations

est arrivé souvent, aux mains d'un personnage étranger par ses services, par ses études et par ses connaissances à tout détail nautique. L'*excellence* répondit aux démonstrateurs qu'il lui paraissait peu probable qu'un filet dont l'armature n'avait que quelques mètres de largeur, eût une grande influence dans une étendue comme celle qui sépare la France de l'Angleterre. Vainement observa-t-on qu'il en est des poissons comme des animaux terrestres, qu'ils ne se rencontrent point partout, qu'il est des fonds qu'ils affectionnent, et où, suivant les vents et les marées, ils se rassemblent et se cantonnent; que les pêcheurs connaissent leurs habitudes et savent où ils doivent se porter pour les atteindre; que ce fait est si constant que toujours les bâteaux se réunissent et manœuvrent, pour ainsi dire, de concert; qu'ainsi disparait cette vaine objection fondée sur une erreur palpable que démontre l'expérience de tous les jours.

des poissons voyageurs, des effets relatifs; à
mesure que l'usage du *Chalut* s'est étendu,
et qu'il a exercé sa désastreuse influence, on
a remarqué que la colonne de harengs qui,
après avoir franchi le Pas-de-Calais, suivait une direction si constante sur notre littoral, que l'on calculait avec certitude l'é-
poque où elle atteindrait telle ou telle hauteur, erre actuellement pour ainsi dire à l'a-
venture dans toute l'étendue du canal, où
le hasard seul en procure la rencontre, et
s'écarte d'un rivage où elle ne trouve plus les
substances qui l'y attiraient. Les matelots, qui
connaissent mieux que les naturalistes les
mœurs des poissons, n'ont pas tardé à signaler la cause de cette révolution. En labou-
rant les fonds, en détruisant, ont-ils dit,
les productions animales et végétales que re-
cherche le poisson voyageur, on l'écarte, on
le chasse, au lieu de le fixer. Quelques sa-
vans consultés sur cette question, ont, suivant
l'usage, contesté la naïve explication de l'expérience et du simple bon sens. Des systèmes
ont été opposés à l'évidence des faits, on a
écrit pour prouver que les marins se trom-
paient, qu'on ne devait point attribuer les
changemens qu'on remarquait dans la mar-

che des harengs, à une cause locale; qu'il en avait été de même à quelques époques; que jamais la pêche n'avait été plus abondante et plus fructueuse que depuis l'usage du *Chalut;* que ce n'était donc pas à *cet innocent moyen de destruction*, qu'on devait attribuer l'éloignement des harengs; mais que ce poisson, dans la Baltique et dans la mer du Nord, s'était, à diverses époques, écarté de parages qu'il avait long-temps fréquentés, qu'après cet éloignement, il y était revenu; qu'il en était *et qu'il en serait de même dans la Manche*, où, depuis quelques années, la colonne entrée par le Pas-de-Calais, dont le voyage aboutissait naguère aux rivages de la Basse-Normandie, après avoir longé les côtes de la Somme et de la Seine-Inférieure, s'est portée sur la côte d'Angleterre. Ce n'est pas répondre d'une manière satisfaisante, et encore moins réfuter l'explication si rationelle donnée par les marins. Je la livre au jugement des hommes de bon sens et de bonne foi. Quand les effets concordent si complètement avec les causes qu'on allégue, on peut, ce me semble, se croire dans la voie de la vérité.

Le *Chalut* n'est pas le seul agent de destruction de la pêche maritime ; là où cesse
son action, commence celle des filets prohi-
bés, tendus à l'extrémité de la laisse de basse-
mer ; leur effet, comme je vais le démontrer,
n'est pas moins funeste. La pêche du littoral
fut et dut être en tous les temps, un des
objets de la sollicitude du gouvernement.
Avant l'ordonnance de 1681, les Amirautés,
suivant les besoins des divers rivages, avaient
fait des **réglemens tendant à prévenir et à ré-
primer les abus.** Le bon sens avait reconnu que,
par une pêche trop prématurée, on détruit
à pure perte, non-seulement un nombre in-
fini de poissons, mais on arrête la repro-
duction de l'espèce ; c'est ce à quoi il fallait
pourvoir, c'est ce qu'on fit. Mais la révolution n'épargna pas les réglemens sur cette
matière ; chaque riverain considéra le littoral
comme une propriété commune sur laquelle
chacun, selon sa volonté, avait le droit de
tendre des filets, d'installer des parcs, d'exploiter à son gré les coquillages, d'arracher
le warech, etc. ; l'abus alla au point qu'on
vit le moment où les rochers d'*huîtres* et les
moullières allaient être complètement dépouil-
lés. L'intérêt général détermina, pour les

huîtrières et les *moullières,* le rappel au principe incontestable que le rivage de la mer, comme le lit des fleuves, fait partie du domaine public, sur lequel nul individu n'a un droit privé, et qui ne peut être administré, dans l'intérêt de tous, que par le gouvernement, qui impose les conditions auxquelles chacun doit se soumettre. L'exploitation des *moullières* et des *huîtrières* fut soumise à des règles, et leur conservation fut confiée à des préposés spéciaux. Mais toujours retenu par une timide susceptibilité, on a craint de froisser la liberté, en s'ingérant dans la surveillance et le contrôle des engins de la pêche côtière; tout ce que l'on crut pouvoir exiger, c'est que la pêche du rivage ne fût faite que par des marins classés, ou leurs familles. Cette condition équitable ne fut pas toujours observée, et l'on voit encore en quelques quartiers, des individus étrangers à l'inscription, exploiter des parcs, tendre des filets.

Les réglemens avaient fixé, par quartier, le nombre des parcs, et prévenaient l'abus d'une trop grande quantité de *verveux.* Cette fixation était déterminée par la connaissance des ressources de chaque localité; on mettait *en défends* les criques, les petites baies, les plages où l'on savait que le poisson déposait son frai, ceux où, soit la nature des alluvions que le flot déposait, soit le peu de profondeur de l'eau, qui met des myriades de petits poissons à l'abri de la voracité de leurs ennemis, il importe de ne pas interrompre l'harmonie et la sécurité. Ces sages précautions cessèrent d'être observées ; le nombre des parcs et celui des autres filets, a été décuplé ; on a inventé de nouveaux moyens de destruction, on a perfectionné ceux que l'on connaissait. On conçoit bien qu'on n'a plus tenu compte des dimensions prescrites pour la largeur des mailles, elles ont été réduites au point d'arrêter la *chevrette;* les parcs ont été installés de telle manière que, dans certains endroits, on abandonne sur la grève, ou l'on transporte pour l'engrais des terres, des tonnes de poissons trop petits pour trouver chalands; mais on voit tous les jours promener dans les campagnes, étaler dans les marchés, d'immenses quantités de soles, de turbots, de carreaux, de la dimension de deux à trois pouces, c'est-à-dire, tout ce qui est susceptible d'être consommé. Voilà le gaspillage qui s'exerce depuis long-temps : qu'on s'étonne après cela de la diminution si sensible du poisson.

Mais depuis un an, le ministre ayant pris connaissance d'un mémoire parfaitement fait sur les abus des pêches du littoral (*) dans le quartier de Dieppe, a accueilli le projet qui lui était présenté; il a institué des surveillans et inspecteurs spéciaux, qui unissent aux fonctions qu'ils avaient déjà de gardes des *moullières*, celles d'inspecter les parcs et les filets, et de ramener ainsi à l'exécution des réglemens, qu'on s'est enfin avisé d'essayer de remettre en vigueur. C'est un premier pas dont on doit savoir gré au ministre; mais il ne suffit pas que cette mesure soit établie dans une localité, il faut qu'elle soit générale, et elle ne l'est pas encore; ou l'on est autorisé à exiger la soumission au réglement, ou on ne l'est pas; si on l'est, il faut que la mesure soit générale, que son action soit prompte, et qu'à l'instant l'ordre se rétablisse; mais si les tribunaux correctionnels condamnent, et que la cour suprême, comme il est déjà arrivé, casse ces jugemens, quand il en est fait appel, il y a donc nécessité de pourvoir à cette lacune de la législation. Il suffit du tableau que je viens de tracer, pour reconnaître combien il est ur-

---

(*) Son auteur est M. *Turbest*, Inspecteur des pêches du quartier.

gent de s'occuper d'une loi sur la pêche du littoral. L'existence des habitans de nos côtes, et par conséquent le sort de l'inscription maritime en dépend, les intérêts de la société l'exigent.

Limitation de la pêche du Hareng. Il faut enfin résoudre l'importante question de limitation de la pêche du hareng, qui s'est élevée, d'une part, entre quelques centaines d'intéressés à une liberté absolue, et, d'autre part, plusieurs milliers d'intéressés à sa restriction : de sa solution dépendra, je le dis avec assurance, le sort de la population maritime des départemens de la Seine-Inférieure, de la Somme et du Pas-de-Calais.

La pêche et la salaison du hareng, dont on peut fixer l'origine, sur nos côtes, à l'époque où les Normands s'y établirent, et apportèrent cette industrie de leur contrée natale, fut depuis ce temps, pour la France, une source de richesses et de prospérité maritime. Les peuples voisins, à leur exemple, s'y livrèrent successivement, et elle devint, dès 1164, pour la Hollande, qui perfectionna plus tard les procédés de la préparation du poisson, plus fructueuse que les mines du Potose ne l'ont été pour l'Espagne; le cardinal de Richelieu, sur-intendant général de la navigation et du

commerce, apprécia et encouragea cette pêche ;
Colbert en connut toute l'importance, et en
régla l'exercice avec sollicitude ; ses successeurs
maintinrent ses statuts ; la révolution seule
pouvait les renverser ou les altérer; les vingt
années de guerre de la république et de l'empire
l'anéantirent. En 1814 , les Anglais, toujours
attentifs et habiles à profiter de nos malheurs
et de nos fautes, entreprirent de rivaliser avec
nous et avec les Hollandais, et de nous ravir
une branche de commerce dont ils appréciaient
toute l'importance. La pêche du hareng leur
présentait un moyen d'occuper le nombre im-
mense de matelots que le désarmement de
leurs flottes allait laisser sans emploi, et ceux
que leur âge ou leurs infirmités empêchaient
de naviguer au long cours ; elle leur procurait,
par ses produits, un moyen de plus de nous
expulser des Echelles de la Méditerranée, dont
l'approvisionnement en poissons salés était,
avant la révolution, l'une des parties les plus
lucratives de nos exportations. Pour assurer
et hâter le succès de son entreprise, le gouvernement britannique alloua, pour plusieurs
années, une prime d'encouragement équiva-
lant au dixième de la valeur des pêches (*),

(*) La prime avait été , jusqu'au 5 avril 1826, de 4 sh. par

dont la réduction, après un temps assez long, a été graduelle, et n'a cessé que quand les produits ont été ce qu'ils sont aujourd'hui, *décuplés* des nôtres. C'est ainsi que, sans cesse occupés de s'assurer le monopole du commerce de toutes les côtes qui baignent la Méditerranée, les Anglais ont senti combien il leur importait d'empêcher le rétablissement d'aucune de nos anciennes relations. Notre gouvernement, il faut le reconnaître, a secondé, par l'indifférence et l'incurie que jusqu'alors il a témoignée pour tout ce qui devait déjouer les desseins de nos rivaux, le résultat que ceux-ci se promettaient ; l'illimitation de la pêche du hareng vient ajouter aux garanties que nous leur donnons de notre déférence pour leurs intérêts ; le consommateur levantin, informé que nous avons abrogé les réglemens que lui

---

baril pour les harengs préparés vidés ; cette prime a été réduite annuellement de 1 sh. par baril, jusqu'au 5 avril 1830, époque à laquelle elle a cessé entièrement.

La pêche anglaise a donné, en 1831, les résultats suivans :

Harengs préparés........ 439,370 $\Big\}$ barils.
Harengs de marque...... 237,085

TOTAL....... 676,455
Dont il a été exporté... 264,903

La pêche française n'a rendu, en 1830, que 67,957 barils, dont on ne peut évaluer l'exportation qu'à 15,000 barils.

cautionnaient la bonne qualité de la denrée, craint avec raison que la cupidité n'ait déterminé le saleur à l'altérer par un mélange frauduleux, autrefois impraticable; dès lors les produits français sont en prévention, et ils ne peuvent rivaliser avec ceux que fournit un peuple qui, s'il n'y est pas assujéti par des lois, l'est par un sentiment, qui chez lui a la même puissance, à ne mettre en vente qu'une marchandise loyale, conforme à un usage invariable; et puis la prime accordée jusqu'en 1830 au hareng *préparé*, n'avait-elle pas l'effet d'un réglement? à défaut de loi, sommes-nous actuellement dirigés par ce mobile si puissant chez nos voisins? J'en appelle à la bonne foi, et je demande si ce n'est pas à quelques expéditions de mauvaises marchandises faites dans le Levant, dans l'Amérique méridionale et aux Indes, que nous devons la perte de précieux débouchés. Ce n'est pas ainsi qu'en agissent les Hollandais (*), et que font aujourd'hui les Anglais, chez lesquels domine l'esprit d'association, qui n'est autre chose que l'action du vrai patriotisme, de la nationalité, dont un téméraire cosmopolitisme a l'imprudence d'attaquer au-

(*) Voir à la fin la note A.

jourd'hui la base; dussent-ils perdre, ils
écrasent notre concurrence en n'expédiant que
des qualités supérieures, toujours adaptées
aux goûts et aux convenances des peuples. Ce
ne sera jamais dans une telle nation que la
pensée viendra d'une spéculation frauduleuse,
qui nuirait à la communauté·des intérêts, en
altérant la confiance.

Si l'illimitation de la pêche déprécie nos
produits, et en rend l'exportation difficile et
infructueuse, elle n'a pas de moindres inconvéniens pour notre consommation intérieure;
elle déconcerte toutes les prévisions, et elle
livre au hasard toutes les spéculations. En
effet, quel prix le saleur affectera-t-il au hareng
plein, qui ne se pêche que jusqu'à la fin de
décembre, quand il lui est impossible de savoir
la quantité de harengs vides qu'on salera plus
tard? Ce n'est donc qu'en aveugle qu'il peut
spéculer; il doit prudemment baser ses calculs
sur le taux le plus inférieur, afin d'éviter la
perte en cas de surabondance de la denrée.
Le hareng vide n'a pas la même valeur que
celui qui est plein, mais le commerçant en
salines sait aussi que la consommation a des
limites, et que le bon marché attire nécessai-
rement la classe la plus nombreuse.

Qui souffre, en définitive, d'un tel état de choses? la classe des marins, dont les salaires et les bénéfices, depuis le mousse jusqu'au maître, sont *à la part, et en raison de la vente*. Cette classe est la population des villes, des bourgs, des villages qui bordent la côte de France, dans une étendue de plus de soixante lieues.

Cette considération mériterait, ce me semble, quelque attention; elle fixa celle d'un siècle, qui n'a laissé à ceux qui l'ont étudié, qu'à admirer l'esprit et la sagesse d'institutions que, trop souvent, et notamment dans le fait qui nous occupe, nous foulons aux pieds. L'illustre auteur de l'ordonnance de 1681, et de l'arrêt du conseil d'état du 24 mars 1687 (*), *Colbert,* n'ignorait pas qu'en limitant la pêche du hareng à la fin de décembre, il privait quelques localités de la basse Normandie du produit que la mer apportait sur cette côte; mais voyant en opposition l'intérêt du littoral de la haute Normandie, de la Picardie, du Boulonnais, du Calaisis et d'une partie de la Flandre française; considérant l'intérêt d'une branche de commerce dont il disputait le monopole à nos

(*) Voir à la fin la note B.

rivaux, il n'hésita pas, et le sacrifice qu'il fit à dessein de la pêche hors saison, devint la sauve-garde de celle qui était faite en temps opportun. Vainement oppose-t-on quelques dérogations temporaires commandées par l'urgence de besoins accidentels, ils n'eurent pas de durée, et le principe ne cessa de prévaloir jusqu'à la révolution. Ce ne fut pas l'Assemblée constituante, qui avait soumis la liberté à l'empire des devoirs envers la patrie, qui l'attaqua; ce fut la Convention qui, ayant prononcé l'arrêt des Colonies, en proclamant *qu'elles périssent* plutôt qu'un principe, dut en agir de même à l'égard du commerce; c'est ce qu'elle fit par son décret du 6 octobre 1793, qui a révoqué toute limitation, et qui a accordé une liberté absolue dans l'exercice des pêches maritimes, *dût advenir ce qui pourrait.*

Les inconvéniens de l'illimitation furent peu sensibles jusqu'en 1814, à raison du blocus de nos ports. Ce ne fut qu'alors qu'on les éprouva dans toute leur étendue, et que commencèrent les réclamations dont la décision finale est encore attendue en 1834. Le litige qui s'est élevé entre les pêcheurs du nord et ceux du sud de la Seine, doit être envisagé sous deux aspects: sous celui du principe de la possession, et sous celui de l'intérêt général. Sous le rapport de la possession, il a paru injuste que la basse Normandie fût privée du droit de recueillir une manne que la nature lui apporte chaque année, après en avoir saturé les riverains du nord. Quand le fait n'est considéré que sous cette seule face, abstraction faite de toute considération accessoire, l'observation paraît juste, et la limitation ne semble sollicitée que par les commerçans intéressés à conserver le monopole. C'est ainsi qu'on s'est efforcé de peindre les réclamans de la Seine-Inférieure, de la Somme et du Pas-de-Calais; on les a signalés comme sollicitant un privilège, au mépris du principe souverain de l'égalité des droits; on a été plus loin, on n'a pas craint d'attribuer la prohibition prononcée par l'arrêt de 1687, à l'influence que les mêmes intérêts exercèrent à cette époque sur Colbert lui-même : comme si un tel homme fut jamais accessible à des considérations d'une telle nature.

Quand on examine, comme on doit le faire, la question sous le rapport de l'intérêt général, on reconnaît toute la sagesse de la prohibition, et combien le sacrifice qu'elle occasionne est faible, en proportion des avantages

qu'elle préserve et qu'elle assure ; enfin on
voit là cette question capitale de l'existence de
l'ordre social, qui veut que l'intérêt du plus
grand nombre l'emporte sur celui d'une faible
minorité; on s'aperçoit que, prononcer autrement, c'est faire dominer la majorité par la
minorité , qui alors fait la loi, ce qui est
une monstruosité. Des chiffres officiels font
connaître l'importance des intérêts (*) auxquels
on sacrifie ceux du commerce et de la marine;
la pêche faite après le 31 décembre, s'est élevée,
en 1830, à 26,000 fr. , quand celle faite anté-
rieurement a monté à 3,200,000 fr. , et se serait
élevée beaucoup plus, sans la fatale concurrence de la première. En présence de pareils
faits, on ne conçoit pas les hésitations du
gouvernement à arrêter les suites et les progrès
d'un tel mal; on prétend cependant, et à cet
égard , on cite d'excellens esprits qui, dans
une commission créée depuis long-temps pour
énoncer un avis sur la limitation de la pêche,
trouvent à sa solution d'inextricables difficultés.
J'avoue qu'il m'est impossible d'en découvrir
ailleurs, que dans le projet qu'on aurait de faire
concorder les intérêts si opposés des pêcheurs,

(*) Voir à la fin la note C.

du sud et de ceux du nord de la Seine; dans
ce cas, je vais plus loin, ce ne sont plus des
difficultés que j'aperçois, c'est une impossibilité absolue que je rencontre; il n'est pas, à
mon sens, de transaction possible, il s'agit de
défendre ou de permettre, puisque toute mo-
dification aura pour effet de déprécier, d'avilir
la qualité de nos produits, et de perpétuer l'in-
certitude dans les spéculations, dont l'effet est
si funeste aux pêcheurs, aux armateurs et
aux saleurs, comme nous l'avons démontré.

Mais s'agit-il, dans la limitation, d'une
application littérale de l'arrêt du conseil de
1687; c'est-à-dire, doit-il être défendu de
se livrer à la pêche du hareng, après le 31
décembre, en sorte qu'on ne pourrait, non-
seulement saler le poisson, mais même le
pêcher et le consommer frais ? Je n'approu-
verais, pour ma part, la rigueur de cette
disposition, que dans le cas où, comme on
le croyait autrefois, le hareng vide serait une
nourriture insalubre et dangereuse ; mais on
est revenu de ce préjugé; l'abus réel, incontestable, celui qu'il est indispensable de dé-
truire, en ce qu'il nuit au commerce et
qu'il ruine nos marins du Nord, en ce qu'il
est l'occasion d'une contrebande désastreuse,

par l'achat frauduleux du poisson en Angleterre et en Hollande, ce qui nous fait payer
à l'étranger un véritable tribut ; cet abus, dis-je,
est dans la faculté de saler le poisson, c'est là
qu'est le mal. Il ne s'agit donc plus de limiter
la pêche, mais bien de limiter l'époque de toute
délivrance de sel en franchise. Ce moyen est
tout-à-fait à la disposition du gouvernement,
comme nous allons le démontrer. La loi du 6 octobre 1793, permet de commencer et finir à volonté, et sans détermination d'aucune époque,
la pêche du hareng et du maquereau, en se con-
formant d'ailleurs aux lois du code maritime,
relatives à la pêche, et non encore abrogées ; rien
ne s'oppose au maintien de cette liberté, tant
que le gouvernement aura en main le moyen
d'en prévenir l'abus ; et ce moyen, il l'aura
tant que le monopole du sel sera maintenu.
Ce ne serait que dans le cas contraire qu'une
mesure législative serait nécessaire ; mais elle
ne l'est pas à présent. Le décret impérial du
8 octobre 1810, après avoir rappelé celui du
13 pluviose an XI, qui consacre de nou-
veau le principe de l'illimitation, porte, art.
3 : l'administration des douanes continuera
de délivrer des sels en franchise, pour la salaison du hareng et du maquereau, même après

le premier janvier, pour la pêche sur la côte du département de la Seine et du Calvados. Voilà la législation actuelle : d'abord une loi qui ne pourrait être rapportée que par une autre loi; nous n'en demandons pas la révocation, nous en approuvons, dans l'état actuel du monopole du sel, le maintien ; puis deux décrets, qu'on ne contestera pas sans doute le droit de rapporter par une ordonnance.

Il ne s'agirait donc, comme on le voit, que de prononcer qu'il ne sera plus délivré de sel en franchise pour la salaison du hareng, après le terme *qui sera reconnu où le poisson perd sa qualité*; on préviendra ainsi tous les abus, on n'interdira pas la pêche du hareng, que les habitans du Calvados pourront exploiter quand et comme ils voudront, mais que, sans sel en franchise, ils ne pourront saler; on coupera pied à ces achats scandaleux de poissons étrangers, qui ajoutent au tribut déjà si considérable que nous payons pour les importations de ce genre; on garantira les spéculateurs qui confectionnent une denrée loyale et substantielle, de la concurrence des fournisseurs de la même denrée tarée et de mauvaise qualité; on verra, par ce moyen, cette fructueuse branche de notre industrie renaître et reprendre toute l'extension dont elle est susceptible. Si, comme on est fondé à le craindre, d'après les causes que j'ai signalées sur l'éloignement du poisson voyageur de nos côtes, la colonne de harengs ne reprend pas la direction qu'elle suivait, alors les armateurs, assurés du débit d'une denrée de bonne qualité, n'hésiteront pas de faire des entreprises de pêche d'été, au nord et à l'est de l'Ecosse, en descendant graduellement jusqu'à Yarmouth. Les circonstances ne furent jamais plus favorables, parce que la stérilité de la pêche côtière pourra laisser encore long-temps sans emploi un grand nombre de marins, qui ne demandent qu'à gagner un modeste salaire ; en outre, la cessation des abus, il ne faut pas se le dissimuler, produira, pour un temps, quelques perturbations, dont on diminuera l'inconvénient, en donnant aux pêcheurs une nouvelle direction, en leur présentant les chances de bénéfices certains. C'est dans des circonstances de ce genre que le gouvernement britannique interviendrait par des encouragemens temporaires, comme il l'a fait.

La pêche dans la Mer du Nord, qui n'est

aujourd'hui pratiquée que par les marins du
quartier de Dunkerque , le fut long-temps
par les Normands et les Bretons ; le gouvernement , qui en connaissait tous les avantages ,
toute l'utilité, fesait des avances aux armateurs,
et protégeait les expéditions par des bâtimens
de guerre qui les fesaient respecter par les
Hollandais , jaloux de conserver le monopole
de cette exploitation. Cette sollicitude était
inspirée aux successeurs de Colbert , par la
pensée qui occupa toujours ce grand homme,
dont le dessein , en créant en si peu de temps
une marine puissante , était d'en imposer à
ceux qui déjà prétendaient à l'empire des mers
et au monopole du commerce ; il sentait qu'il
fallait former des marins et les multiplier.
Considérant les pêches dans les mers du Nord
comme la meilleure école pour apprendre à
braver les dangers et s'endurcir aux fatigues,
il n'épargna rien pour les étendre. Bien dif-
férent était-il de certain homme d'état qui,
dans le sein de la Chambre des Députés ,
contesta naguères cette opinion avec une opi-
niâtreté et un succès d'autant plus déplorables,
que dès ce moment, nous avons cessé tout à fait
la pêche de la baleine au Nord. Les malheurs
de la fin du règne de Louis XIV, arrêtèrent

les développemens de nos entreprises maritimes et commerciales ; la guerre avec l'Angleterre et la Hollande interrompit les pêches
au-delà du Pas-de-Calais ; enfin, la révolution
financière et la fatale influence que le ca-
binet britannique exerça sur le gouvernement
de la Régence, paralysa avec une studieuse
attention tous les germes de notre prospérité
maritime. Si les pêches du Nord ne furent
pas anéanties, elles ne subsistèrent plus que
par les faibles ressources des armateurs, et
sans aucune protection efficace de la part du
gouvernement ; ce qui nous a fait peu à peu
renoncer aux pêches dans la mer du Nord,
qui se bornent actuellement à quelques expéditions qui ne dépassent pas la hauteur
d'Yarmouth ; encore diminuent-elles d'année
en année.

Je désire que le tableau que je viens de
tracer du déplorable état de nos pêches,
arrête un moment, et fixe au même degré
l'intérêt et l'attention des deux ministres entre
lesquels des combinaisons systématiques ont
partagé des attributions jugées long-temps
indivisibles par leur nature; puissent-ils,
animés des mêmes intentions, trouver dans
leurs administrations, identité dans les vues,

ce qui ne me paraît pas aussi facile. Je n'ajoute que quelques traits aux réclamations qui, si souvent et sans fruit jusqu'alors, ont passé sous leurs yeux ; mais j'aurai un avantage sur mes devanciers, c'est de confirmer, après plusieurs années d'expérience, la justesse de leurs prévisions. On voit l'état où la continuité des abus a si tôt réduit les richesses naturelles de notre littoral, et comment, par un résultat nécessaire, l'inscription maritime, pépinière et réserve de notre force navale, a dû diminuer de jour en jour ; car la diminution de la pêche doit occasionner celle des matelots, comme l'effet suit inévitablement sa cause. Cette remarque n'a pas échappé au ministre de la marine, qui, dans son rapport au Roi, sur son budget de 1835, signale l'état stationnaire en France, de la force numérique de la population maritime, lorsque autour d'elle les autres parties de la population acquièrent un accroissement rapide, et lorsque, en d'autres pays, le nombre des hommes adonnés au métier de la mer, augmente aussi beaucoup. Ce n'est pas ici le lieu, ajoute le ministre, d'examiner *les causes de nature diverse d'où peut résulter un fait si regrettable, ni de rechercher quels pourraient être les meilleurs moyens*

3

de les combattre une à une, et toutes avec succès. Le fait en soi, n'est que trop réel et trop notoire.

L'inscription maritime, en 1832, était de 89,258 hommes de mer, dont 10,922 capitaines au long cours; 51,395 officiers mariniers et matelots; 27,081 novices et mousses. Sur ce nombre, les sous-arrondissemens de Dunkerque et du Hâvre, entraient alors pour 12,147, ce qui forme le septième du total.

C'est dans l'intérêt de cette population dont le sort dépend, comme je l'ai démontré, du maintien ou de l'abolition des abus des pêches, que j'ai cru devoir présenter ces observations. Habitant et mandataire d'une contrée dont le littoral est compris dans cette circonscription, je n'ai pu voir avec indifférence les souffrances de la population de nos rivages ; j'ai dû justifier ce que, dans la séance du 13 août dernier, j'ai dit à la tribune sur l'urgence de poser enfin *des règles pour la limitation et la police des pêches qui, dans la Manche, sont livrées à un abandon, à une sorte de pillage, dont on éprouve les plus funestes effets.*

Puissent mes efforts avoir plus de succès que n'en ont obtenu jusqu'à présent les mêmes réclamations ; quel qu'en soit le résultat , j'aurai du moins acquitté une obligation que j'ai, depuis long-temps, contractée envers une classe de compatriotes auxquels j'ai déjà pu donner quelques preuves de mon dévouement et de ma sollicitude.

NOTES.

A.

La Chambre de commerce de Boulogne, dans un mémoire qu'elle a publié en 1832, en réponse à l'écrit de M. le baron Pichon, conseiller d'Etat, intitulé : *De la Pêche cotière dans la Manche, et principalement de la Pêche du hareng*, a prouvé, de la manière la plus irréfragable, que la Hollande avait imposé des limites à la pêche.

Tout le systéme de la pêche du hareng, dit la Chambre de commerce, est régi en Hollande par une loi très-détaillée, du 12 mars 1818 : chacune de ses dispositions est une preuve de l'admirable instinct des Hollandais, pour la conservation des véritables intérêts de leur pays. Il faudrait les citer toutes.

« La pêche du hareng dit *Panharing*, dit » l'article 17, est celle qui se fait avec des » sous-bateaux, dans toute l'étendue du » royaume, dans les rivières et à leurs em- » bouchures, dans les rades, dans les golfes » et le long des côtes jusqu'à la distance d'une » lieue du rivage.

« Art. 18. Il est défendu à tous pêcheurs,
» armateurs, commerçans et autres personnes
» quelconques, de caquer ou mettre en sau-
» mure, comme hareng pec, le hareng pro-
» venant de cette pêche, à peine d'un empri-
» sonnement d'un mois, et d'une amende de
» 5oo florins pour chaque last de harengs,
» indépendamment de la confiscation.

« Art. 26. Avant le 24 juin au soir, après
» le 3i décembre, il ne sera plus permis à
» aucun habitant de notre royaume, de jeter
» le filet pour prendre le hareng *en pleine*
» *mer*. En cas de contravention, le pilote sera
» puni d'un mois d'emprisonnement, et d'une
» amende de 5o florins; et si l'armateur a eu
» préalablement connaissance de cette contra-
» vention, il encourra une amende de 1000
» florins. »

Telles sont les prescriptions sévères de la
loi sur la grande pêche et la pêche du hareng,
dit *Panharing.* Mais il existe une troisième sorte
de pêche qui, en France, est la pêche princi-
pale, et qui diffère essentiellement des deux
autres; il en est aussi question dans cette importante loi.

Voici comment s'exprime à son sujet l'article 15 :

« La petite pêche, ou la pêche du hareng
» frais, est celle qui se fait en pleine mer,
» principalement dans le parage appelé *Dicq-*
» *Wather*, à l'est d'*Yarmouth*, avec des bâti-
» mens plats qui, ordinairement, n'entrent
» pas dans les ports, mais abordent sur les
» côtes. »

En France, cette pêche, qui alimente presque
seule nos ateliers de salaison, se fait à la même
distance en mer, avec des bateaux à quilles,
jaugeant de 3o à 4o tonneaux, portant quinze
hommes au moins d'équipage, et n'abordant
que dans les ports. Elle a chez nous une grande
importance : on va voir qu'il en est autrement
en Hollande.

« Est provisoirement maintenue sur l'ancien
» pied, dit l'article 16, la prohibition de ca-
» quer en mer et à terre, le hareng provenant
» de cette pêche, à peine, pour le pilote, d'un
» emprisonnement d'un mois, et pour l'arma-
» teur et tout autre contrevenant, d'une amende
» de 5oo florins pour chaque last de harengs,
» indépendamment de la confiscation.

« Néanmoins, il est loisible au roi de statuer
» ultérieurement sur la proposition des Etats
» provinciaux, si, et jusqu'à quel point, en
» quel temps, en quelle manière, il sera permis

» de caquer et de préparer en façon de hareng
» pec, le hareng provenant de cette pêche,
» *en ayant toujours égard au maintien de la*
» *réputation acquise au hareng des pays bas.* »

(Extrait du mémoire de la Chambre de commerce
de Boulogne.)

Des dispositions si prévoyantes, adoptées par
un peuple gardien vigilant et éclairé de ses
intérêts, chez qui les lois ne s'improvisent pas
plus que les opinions et les affections, mais
sont le résultat d'une mûre méditation; de
telles dispositions, dis-je, doivent être d'un
certain poids dans la discussion de la limitation de la pêche du hareng.

Dans l'anarchie où est, comme je l'ai prouvé,
le régime de nos pêches, chaque année ajoute
à nos pertes en tout genre. Nous perdons en
capitaux, par l'impossibilité d'asseoir nos spéculations sur une base solide, pas même sur
une probabilité de quelque valeur; nous perdons en capitaux, l'argent que nos pêcheurs
portent en Angleterre et en Hollande, pour
y acheter ce poisson, que la loi ne défend pas
aux régnicoles de ramasser à l'embouchure
des rivières ou dans les rades, termes de sa
carrière, mais dont elle prohibe, sous des

peines sévères, la mise en saumure; nous perdons par la fraude sur les sels délivrés en franchise, parce que les pertes que fait le trésor pèsent sur la société tout entière; enfin nous perdons, comme on l'a démontré, comme l'avoue le ministre lui-même, cette pépinière de marins, devenue si précieuse aujourd'hui dans l'état politique du monde.

Indépendamment des dommages matériels que nous éprouvons, il en est d'autres encore, dont l'importance ne peut être appréciée que par ceux aux yeux de qui la morale publique n'est pas une chimère. Nous avons démontré que, dans le régime actuel, le marin, pour gagner sa vie, était contraint d'exister dans un état de fraude permanente : fraude dans la pêche du *Chalut,* fraude dans celle des grèves, enfin fraude dans l'achat et la salaison à l'étranger. C'est par le mensonge, par le parjure devant la justice, qu'il se soustrait à l'effet des poursuites qui lui sont intentées. Ainsi cette classe si renommée, si digne d'éloge pour sa franchise et sa loyauté, est, par la nécessité, contrainte à se faire une étude du vice le plus opposé à son noble caractère. Qu'on y prenne garde, le jeune mousse qui, par d'impudentes dénégations, a mérité

les éloges de l'équipage, que ses mensonges,
au pied du crucifix, ont préservé de la vin-
dicte de la loi, est tout façonné pour faire
un contrebandier, et plus tard un pirate.

B.

*Arrêt du Conseil d'Etat, au sujet de la Pêche
du hareng, du 24 mars 1687.*

(Extrait des registres du Conseil d'Etat).

« Sur ce qui a été représenté au Roi, Sa
» Majesté étant en son conseil, que la pêche
» des harengs se fesant tous les ans par des
» pêcheurs français, tant de Dieppe que des
» autres ports de Normandie et de Picardie,
» laquelle commence à la Saint-Denis , et doit
» finir à Noël, jusqu'au quel temps les harengs
» qui se pêchent sont de bonne qualité pour
» approfiter et être vendus et débités par tout
» le royaume. Cet usage avait été pratiqué
» de tout temps, sans qu'on eût entrepris de
» faire ladite pêche au-delà du temps , si ce
» n'est depuis environ six ans que lesdits pê-
» cheurs ont entrepris de continuer ladite pê-
» che au-delà de Noël, dans lequel temps
» le hareng ayant frayé, devient de mau-

» vaise qualité, ce qui ruine entièrement
» lesdites côtes, par la quantité qu'on en
» prend, et les pêches qu'on fait en bonne
» saison , par le vil prix auquel on le vend.
» Comme aussi que des particuliers, contre
» les prohibitions expresses portées par l'or-
» donnance du mois de juillet 1681, titre
» des droits d'abord et de consommation ,
» achètent du hareng à bord des vaisseaux
» étrangers, ce qui cause un grand préjudice
» au commerce , par le mélange qu'ils en font,
» et au débit de celui de la première pêche,
» qui se fait dans la bonne saison. Auxquels
» abus étant nécessaire de remédier, Sa Ma-
» jesté, étant en son conseil, a fait et fait
» très-expresses inhibitions et défenses à tous
» pêcheurs et autres personnes, de quelque
» qualité et condition qu'elles soient, d'aller
» ni d'envoyer à la pêche du hareng après
» le mois de décembre passé , ni d'en acheter
» à bord d'aucun vaisseau étranger , à peine
» de 5oo livres d'amende, confiscation du
» hareng, des équipages et vaisseaux, et au-
» tres peines s'il y échoit. Enjoint aux officiers
» de l'amirauté de tenir la main à l'exécution
» du présent arrêt, à peine d'y répondre
» en leurs propres et privés noms.

» Fait au Conseil d'Etat du Roi, Sa Ma-
» jesté y étant, tenu à Versaille, le vingt-
» quatrième jour de mars mil six cent quatre-
» vingt-sept.

» Signé COLBERT. »

C.

Pour juger de l'état des pêches, j'ai sous
les yeux un état de leur produit, à Dieppe,
pendant les dix années de 1783 à 1792.

La moyenne est par année de 5,323,105 t.,
sur quoi la pêche du hareng est
de . . . . 1,948,333 t.

Ainsi, cette dernière pêche était alors, dans
ce seul port, des deux tiers de ce qu'est aujourd'hui la pêche générale de la France entière.

Imprimerie de DEVÉRITÉ, Editeur du *Journal d'Abbeville.*